Églantine et Gaston se retrouvent
chaque mercredi au conservatoire.

Gaston joue du tuba, Églantine du violon.
Grâce aux leçons de Mlle Rose,
ils forment un adorable duo musical.

Gaston pourrait passer des heures
à écouter Églantine jouer.

Les émotions de Gaston

JE SUIS AMOUREUX

Aurélie Chien Chow Chine

hachette ENFANTS

Voici Gaston.
Une petite licorne comme toutes les autres,
ou presque...

Parfois, Gaston est content.
Parfois, il n'est pas content.
Parfois, il se sent joyeux.
Parfois, il est en colère.
Parfois, il est impatient.

Ce sont des émotions.

Et Gaston,
il ressent toutes sortes d'émotions.
Comme toi.

Mais Gaston a quelque chose de magique :
sa crinière.

Quand tout va bien, sa chevelure
prend les couleurs de l'arc-en-ciel.

Sinon, elle change de couleur
en fonction de ses émotions.

joyeux

jaloux

en colère

coupable

timide

apeuré

boudeur

triste

Comment se sent Gaston aujourd'hui ?

Bien !

Ah, Gaston se sent bien.
Un soleil radieux brille dans son cœur.
Il va nous expliquer pourquoi.

Et toi, comment te sens-tu en ce moment ?

très bien

bien

assez bien

pas très bien

mal

très mal

Pourquoi Gaston se sent-il bien ?

Ce matin, Gaston est un peu rêveur.
À sa fenêtre, il écoute le chant des oiseaux.
Il profite de ce doux moment,
perdu dans ses pensées.

Gaston se sent tout bizarre
lorsqu'il est avec Églantine.

C'est comme si dans son ventre
des papillons lui faisaient des petites chatouilles.

Parfois, quand elle le regarde,
il baisse les yeux, ou au contraire,
il ne peut pas s'empêcher de sourire.

Gaston contemple la ravissante maison située sur la colline voisine.

Dans cette maison habite... Églantine. Églantine est la petite sœur de Mlle Rose, la professeure de musique de Gaston.

Gaston aime beaucoup Églantine.
Il est **amoureux**. Il aimerait bien lui dire ce qu'il ressent, mais il n'ose pas.

Gaston rayonne d'amour, mais ses **petits cœurs restent coincés** à l'intérieur de lui.

Et si **on partageait tout cet amour** grâce à un mouvement de respiration ?

Toi aussi, si tu as des petits cœurs coincés en toi, tu peux faire ce mouvement pour oser **exprimer tes sentiments**.

Mouvement de respiration pour oser partager son amour

1 Debout, les yeux fermés, Gaston imagine à l'intérieur de lui les petits cœurs d'amour qu'il n'ose pas partager.

2 Puis, Gaston inspire par le nez, il lève les bras sur les côtés, en dessinant un grand cœur et en imaginant qu'il libère tout l'amour qu'il garde en lui.

3 Les mains de Gaston se rejoignent au-dessus de sa tête, portant tout son amour dans ce gros cœur. Gaston bloque sa respiration, monte sur la pointe des pieds et étire son corps, comme s'il puisait de la force et du courage dans cet amour.

4 Gaston souffle par la bouche, redescend doucement sur ses pieds et ramène ses bras devant lui, en portant ce magnifique cœur d'amour.

Gaston refait ce mouvement **3 fois**.

Il lui faut bien 3 respirations
pour rassembler tous ses **petits cœurs**.
Gaston ouvre les yeux et respire paisiblement.

Il tient au creux de ses mains,
le plus beau des cadeaux à offrir : **son amour**.

À présent, Gaston a le courage d'ouvrir
son cœur à Églantine.
Il lui offre un pot de coquelicots
qu'il a délicatement fait pousser pour elle.

Voyant à quel point cette preuve d'amour lui fait plaisir,
Gaston décide de partager ce qu'il ressent
avec toutes les personnes qu'il aime.

Gaston répand ainsi une pluie
de petits cœurs autour de lui...

Églantine et Gaston ne se quittent plus.
Gaston est ravi d'avoir osé dévoiler ses sentiments.

Depuis, lorsqu'ils jouent de la musique ensemble,
leurs mélodies sont parsemées
de jolies notes d'amour...

Si toi aussi, tu as réussi à partager ton amour,
tu te sens peut-être encore plus heureux, léger.
Et ton sourire va pouvoir s'agrandir !

Retrouve toutes

Les émotions de Gaston

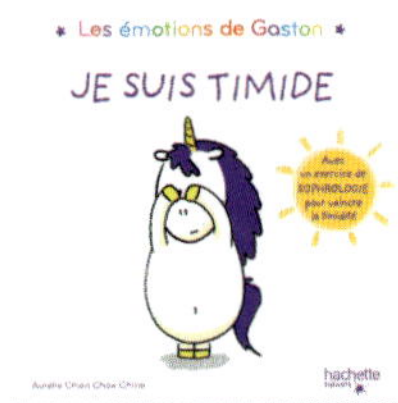

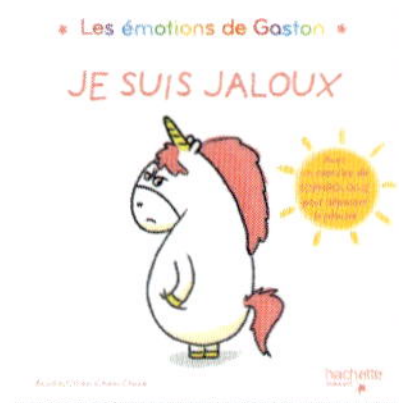

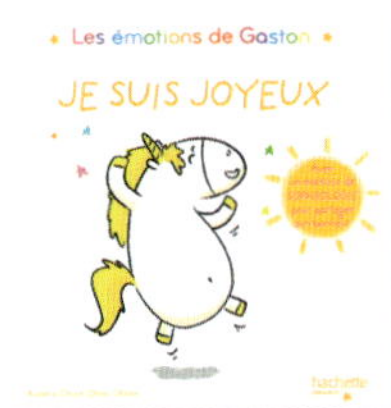

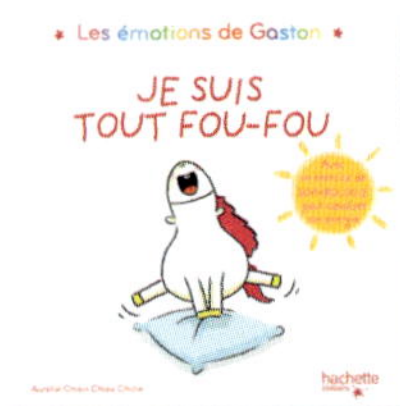

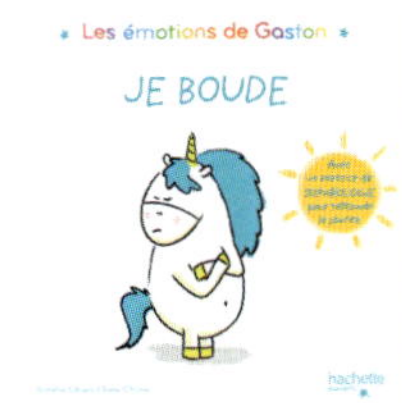

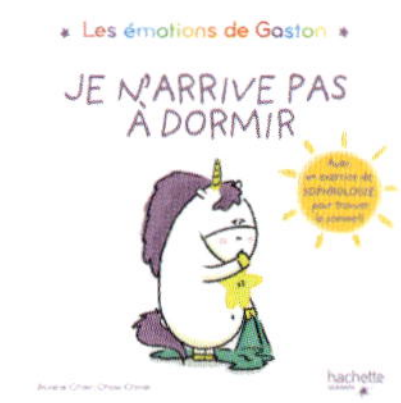